KB003669

우리는 다정히
무르익어 가겠지

배임호 시집

목차

1장. 그대여 시간 속으로 갇히지 말 일이다

2장. 순간이 영원한 것처럼

3장. 내 마음이 저들 속에 있있네

4장. 별을 향해 내 마음의 날개를 달고

시인의— 말

세상은 아름답게 창조되었다

우리의 삶은 희로애락이 있기에 아름다움이 더욱 빛난다

희(喜)로 시작해서 락(樂)으로 마무리되는 삶

중간에 있는 노(怒)와 애(哀)는 그저 배경음악일 뿐

락(樂)을 더욱 돋보이게 해주는 것일 뿐이다.

2022년 청록의 계절

휴글카페에서

배임호

그대여
시간 속으로
갇히지 말 일이다

별이 빛나는 밤, 나는

자동차는
브레이크 힘으로

쇼팽의 피아노협주곡 1번은
쉼표 힘으로

나는
별이 빛나는 밤 희망가 음표에 젖어
그 힘으로 간다

간다, 나는

목마름에 누레박 내리는

젊을 때는
시간이 기어간다고

나이 들면
시간이 날아간다고

이래도 투정
저래도 투정

투정 소리 듣기 싫어
가던 길 멈추고 싶어도

그저 묵음으로 동녘을 바라보고
달리는 것은

그대를 향한 사시사철 목마름
우물 속 두레박을 내리는
사랑 때문

꽁무니 잡고

좌회전
우회전
유턴도 모르는

그저 앞만 보고 달리는

숨 가쁘지도
지치지도 않는

그저 앞만 보고 달리는
틈새 없는
시간!

또 하나 하루가 진다
표정 없는 우주가 말없이 어디론가 간다

나도 꽁무니 잡고 간다

그렇게 못했나

지치면
하던 일 그만두고 집에 가고 싶다

힘들면
하던 일 그만두고 울고 싶다

일이 안 되면
하던 일 걷어치우고 싶다

근데
한 번도 그렇게 못했다

저 두둑한 배짱
정수리에 벚꽃이 날아든다

온 세상이 내 품에

내가 세상을 미워할수록
세상은 나를 멀리하고

내가 세상을 보듬어 줄수록
세상은 나를 가까이한다

마음 한번 크게 먹고
눈 한번 크게 떠서
말 많고 탈 많은 세상 한번 허리 굽혀 안아주니

온 세상이
내 품에 머무는구나

길

세상에는 두 개의 길이 있다

낮은 곳으로 향하는 길이거나
높은 곳으로 향하는 길이거나

낮은 곳으로 가는 길은 입말이 적고
높은 곳으로 가는 길은 입말이 많다

물 길
마음 길

삶은 흘러 내려가는 길인데
물에 길을 묻는다

계곡에서 강으로 바다로
한 마음으로 가는
그 여정에
마음 한 자락 얹고 싶다

시간

시간은
올 때도 갈 때도 한마디 없다

고통의 시간도 말없이 왔다가
말없이 간다

기쁨의 시간도 말없이 왔다가
말없이 간다

오면 가고
가면 오는
억겁 침묵의 시간

이 순간의 눈물과 웃음도
그렇게 오고 가는 것

그대여 시간 속으로 갇히지 말 일이다

마른 뼈

마음도
몸도
어딘지 몰랐던
전반전

날강도 달려들어
그냥 넘어졌다

정신 들어 둘러보니
우주정류장에서 바둥거린다

그러다가 어느 날
하늘에서
흰 눈 꽃송이 날아들어

세포가 살아나고
핏줄이 펄펄 끓어

마른 뼈가 일어나 걷는다

와서 간다

봄이 오면
겨울은 진다

꽃이 피고
잎이 돋아난다

그대도 와서
놀다가
일하다가
간다

나타나고
사라지고

있다가도
없어지고

음보 없이도
박자도 잘 맞추어
때가 되면

한치의 어김도 없이

올 것은 오고
갈 것은 간다

도대체
누가 만들어내는 거야

걷노라면

나는 누군가
물음은 쉽지만
답변은 어렵다

오늘도
어디로 가는지
왜 가는지

한순간도 거르지 않고
하루도 빠뜨리지 않고
걷고 간다

굽은 길 만나 모퉁이를 돌기도 하고
오르막길
내리막길도 만난다

만나서 즐거운 사람
만나서 불편한 사람
부딪히다 시간의 경로를 따라가다 보면

어느덧 정상에 올라
지나온 길 내려다본다

여기까지 온 한 세상길 순례자
가상탈까

행복이란

오늘도 생각이 첩첩하여
혼잡도가 심한 길을 걷는다
무엇을 하고
어떻게 하고

잠시 정신줄 잡고 계산기 두드려본다
어떻게 하였으며
무엇을 이루었는지

도시도 그렇고 종교도 그렇고
요리조리 도망 다니는
미꾸라지가 너무 많다

예까지 돌고 돌아 깨달음 하나
가슴 품은 것은

좋은 사람들 만나
좋은 일하는 것이다

보름달 바라보며

마음속 자리한 행복

먼 먼 초가집 장독대 앞에서
정화수 한 그릇 떠 놓고 손 모으던 할머니
주문이 머릿속을 스쳐 간다

행복은 멀리 있는 것이 아니다
그저 내 마음속에 있을 뿐

부부싸움에서 이기는 병법

아내와 싸워서
지기를 좋아하는 남자 없다

아내와 싸워서
상처 안 받는 남자 없다

아내와 싸움에서
이기는 방법 아니 병법
딱 하나

'미안해'
할 말이 한 트럭이라도

만병통치약 '미안해'
한번 해보고 살아봐요

수리산

수리산을 올라보면 안다
등줄기에서 솟아오르는 한량없는 온기를

사나운 발길이 한둘이 아니건만
아무리 힘들어도 그저 그 자리에서
가는 이
오는 이
한결같은 마음으로 품어준다

구부렁 오르막길
쉬어가라고 엉덩이 바쳐주고
들국화 향기로 때 묻은 세월을 훔쳐준다

얼굴 붉힐 일에 속앓이가 경고음을 낼지라도
자비의 손은 말이 없다

산에서 어머니를 만난다

가을 추억

가을이 시작되면
왜 잎새는 초록을 지우고 노랑으로
모양새를 바꾸는가

무슨 궁리로 형형색색
단풍잎으로 무르익어 가는가

서늘한 바람 불다
겨울 찬바람에 자리를 내어주는
낙엽

내 마음에
한 아름 안겨주는
빈손의 여유
하산의 가벼움 붉게 물들이는
'가을 추억'

고이고이
으뜸 계절
마음에 담아 옛적 하늘 구만리로
내 영혼 날아간다

번개팅

카톡 카톡
밤 9시 30분
시침이 졸음이 오는 시간
하루 일정이 궤도를 벗어나 흔들린다

내 가난한 마음의 창을 여는 소리가
적막에 여울진다

설거지하다가
행주에 손을 허겁지겁 비비고
단숨에 카톡의 경로를 따라 달려간다

누구보다 시간의 노예로 사는 사람
겨울날 몸속에 배인 날 어루만져 주겠다고

텅 빈 가슴에 불을 지른
농부의 손처럼 흙냄새 나는 번개팅의 손길

계산을 모르는 하늘에서나 빛 볼 친구가
어둠의 시간을 거두어 간다

불사조로 내 가슴 속에

여름밤
수많은 별 중
동녘 하늘에 머물고 있는 별 하나

어느 날
내 눈과 마주친 그 별은
지상을 내려와

샘이 되고
친구 되고
더는 떠날 수 없는 그런 사이가 되었지

몇 날 며칠
고르고 고른
지구상 하나뿐인
순백색의 웨딩드레스

마침내 둘이서 하나로 가는 길
드레스 속에 감추어진 이브의 곡선미 드러내며
만인 앞에 다소곳이 섰다

금관을 쓴 신부는 공작새인 듯
아니,
불사조로 내 가슴 속에 둥지를 틀었다

손수레가 할머니를 품고

칼바람 몰아치는 꼭두새벽이다

구십도 허리 굽은 할머니가
너덜너덜한 손수레에 빈 박스들을 차곡차곡 쌓고
어그적어그적 생의 길을 간다

보험도 눈길 한번 주지 않는 황혼 인생
온종일 품팔이 몫이
2천 원이란다

"자식들은요?"
한참을 가다가 뒤돌아보며
"즈들 잘났데이"
한마디 툭 던지고는

어둠 속을 헤치며 간다
손수레가 할머니를 밀고 간다

저 양식을 구하는 빈자의 꼭두새벽에서
내 어머니를 만난다

스승

지칠 때나
캄캄할 때나
이리 둘러보나 저리 둘러봐도
벽과 마주칠 때

생각나는
세상길 팔부 능선 비바람 지나며
울고 싶을 때
가슴 속 깊이 찾아오시는

길 하나

주인 없는 방

조만식 기념관 530호
학기말고사에 마침표를 찍고
하나둘 책가방이 강의실을 등진다

주인 없는 방
지성이 자라는 학문의 전당을
잰걸음으로 일곱 바퀴 돌아본다

일곱이란
크리스마스 때마다
예배당을 들락거리면서
내 머릿속에 진즉 똬리 틀은
기쁨 백배의 숫자

16주 동안 맞닥뜨린
얼굴
목소리
미소가
콩나물시루로 무르익어 눈앞에 놓인다

저
싱싱한 젊음
하늘 기운 듬뿍 받아
향기로운 꽃과 열매 되어
이 땅을 울긋불긋 물들여 주기를
어느새 나도
저들 속으로 들어간다

빈 강의실에 여백이 촘촘하다

세 가지 마음

세상을 떠나면서 남기는
눈물 어린
세 가지 마음

미안해
고마와
사랑해

그중에 제일은 미·안·해!
내 마음은

그분은 누구

한때는
사는 게
재미있고 참 쉬웠다

세월이 흐르며
세파가 사나워진 것일까
내가 야위어진 것일까

힘들 때
위로의 말 한마디

주저앉고 싶을 때
가만히 손 내밀어 주는

밤새 울고 싶을 때
마음과 마음을 이어 같이 울어주는

힘이 되어주는
그분!

목놓아, 그분을 사랑하고 싶다

숭실이 별이고

어느 가을밤
별이 빛나는 숭실

숭실이 별이고
별이 숭실인

여기서 그대를 만나
서로 반짝이는 불빛 날갯짓으로 합창하다가

짝 친구로 피어난 그대와 나
그대는 내 마음에 별
나는 그대 마음에 별

항상 곁에 있는 그대의 별이 되리
그대에게 언제나 36.5도 미소로

그대와 나
영원한 별 벗

최후 진술

용서하고
베풀고
사랑하면서 살걸

그렇게 걸었어야 했는데

순간이
영원한 것처럼

하나뿐인 명품

가정이건
직장이건
거리마다

다들 적(敵)을 두고 있다

있을 때나
없을 때나
막히는 일이 없어 희열이 넘칠 때나
일이 잘 풀리지 않아 우울할 때나

아무리 둘러봐도 종점에선
고독이 운명인 양 섬으로 서 있는
홀로이다

남과 비교 같은 거 하지 않으면
마음은 언제나
호수처럼 고요한 것을
괜스레 이웃과 견주다 입은 상처가 아물지 않는다

애당초 나의 존재란

하늘이 수제(手製)한

지구상 하나뿐인 명품이 아니던가

조금 지나면

40°C 한증막 더위
하룻밤 지나니 선선한 바람이
가을옷을 입으란다

조금 지나 싸늘한 바람이 불면
겨울이 오겠지

칼바람 추위도 온기 품은 봄바람에
밀려나고

조금 지나면
시작한 그곳에서 다시 출발하겠지

여름
가을
겨울
봄

서로가 가는 시간 밀어주고
오는 시간 당겨주며

바로 땅 밑에서 기다리다가
때가 되면 고개 내민다

삶의 매서운 겨울 땅의 밑에는
봄이 대기하고 있으려니
때가 되면 봄이 오를 게다

광대와 왕자

언제나 반듯한 옷
언제나 반듯한 헤어스타일
하나같이 틀에 박힌 웃음소리

오늘은 왠지
하얀색 골반바지
파도치는 헤어스타일
조폭 회장님 그 너스레 웃음소리를 연출한다

천생 광대인 줄 알았는데
지금은 천하를 쥐고 흔드는 왕자다

일상을 벗어난 겉모양의 변화가
경계 없는 공중을 나는 새처럼
자유를 노래한다

눈부신 봄날
어느 하루

햇빛 한줄기가

공휴일 새벽 5시
광화문은 일거리가 없어 두손놓고 있다

주차장은 입이 작아
겨우겨우 손님을 맞이 한다

달팽이 속을 돌고 돌아
지하 5층 구석에 가난한 영혼이 내리고
피할 수 없는 외길
늑대 같은 눈길이 기다릴 것이다

아무 소리도 들리지 않는 적막한 공간
어디선가 햇빛 한줄기가 심장을 겨누고
레이저 광선을 쏜다

가난한 영혼을 품는 그는 누굴까

검은 양복과 앵무새

죽는 날을 받아놓았다
10일
9일
8일이 지나

7일째는 숯덩이 양복을 다듬질하고
흰색 셔츠에다
타이는
검은 줄이 있는 거
온통 검은 거
뭉게구름 무늬가 몇 개 있는 거

할로윈데이 복장에 검은 천으로 두건 한 앵무새가
회칠한 무덤을 모독한다 할까 봐
타이는 뭉게구름 타이를 맨다

5월
방망이가 춤추던 그날
근엄이 자랑이던 그 앵무새가
모두를 죽였고

저도 이내 고꾸라졌다

불 꺼진
무덤방을 나서는데
뭉게구름이 몰려와 밧줄을 내리고
한 영혼
하늘로 올려준다

100일 후

지난봄부터
해그림자를 등에 메고
캠퍼스 트레일에서
그녀를 만난다

봄에는 연둣빛
여름엔 초록빛
가을에는 황갈빛
겨울에는 무채색 나뭇잎으로
그녀는 어디론가 여행을 가나 보다

나는 계절마다 빛을 달리하는
그녀를 바라보는
붙박이 눈동자가 된다

100일 후
새 둥지를 틀 때까지
책상머리에 놓여있는 카렌다
침 발라 넘기며
달마다 만날 날짜에

붉은 동그라미를 그린다

바람 따라 일렁이는
호수의 파랑 물결을 좇아
내 부풀어 오르는 가슴에
무화과 그늘을 드리우고

벌거벗어도 부끄럼을 모르는
하와의 그 얼굴을 문지르며
목숨이 끊어질 순간까지

격정의 시간을
심연에 가두고 싶다

혈관 찾아 순례를

잠자리에 누워
꿈속을 가는 길이다

손등은 화끈거리고
오른발 복숭아뼈 밑이 가렵다

혈관을 찾아 소리 없이 착지한다
위아래 꾹꾹 주둥아리 질하는
천하에 몹쓸 놈

불을 켜고 벽을 바라본다
그놈이
씨알만 한 꽁지를 치켜들고 있다

신문 기사가 기레기로 전락하여
하루를 못 넘기고
신문은 고물상의 밥이 된 지 오래다
그렇지만 오늘 밤 같은 날
신문지는 병기로 아주 유력하다

조간 신문지 둘둘 말아
기습 작전으로 돌입
두어 방 두들겨 패니
시뻘건 피를 흰 벽에 뿌린다

여기저기 혈관 찾아 순례하며
피를 도둑질하는 불한당 모기!

나는 불자가 아니다
미안하단 말 할 수 없다
너 죽어야 나 발 뻗고
밤을 보낼 수 있다

혈맹의 길

집에서 여자는 을이란다
아이에게 차마 속뜻을 알릴 수 없어
을은 살길을 찾아 혈맹의 길 친구가 되어준다

갑이 싫어져 부아가 끓어오르면
엄마와 아이는 굳게 손을 잡고
백 년 울타리
친정에 베이스캠프 차린다

수많은 시간 지아비에 대한 울분을 겹겹이 쌓아놓고
고지 점령에 비상등을 켠
저 핏발선 눈동자

성경을 몇 번 읽어봐도 돌아온 탕녀는 없는데

녹슬은 나이테

오른쪽 새끼손가락 마디가 굵어졌다
오늘 보니 왼쪽 새끼손가락도 그렇다

무릎도 예전과 달라
조금만 먼 길 걷노라면 삐걱 소리 내고
그만 걸으라 빨간불이 켜진다

노화 증상이라고
아프지 않으면 그냥 놔두라고
이제 연골도 아껴 쓰란다

드디어
때가 왔나 보다
이런저런
나이테가 생겨
녹슨 부속품

속도제한 호루라기 소리 들린다
교통경찰관이 아니라 건강경찰관이
눈을 부릅뜨고 있다

전천후 향기

4월도 반은 소리 없이 지고
무슨 미련이 남아설까
아직도 차가운 바람이 주위를 맴돈다

그녀와 겨울풍 옷으로 몸을 감고
서래마을 몽마르뜨 공원 손잡고 올라
온몸이 나른하도록 근육을 키우다가

집으로 돌아와
창가에서 떨어지는 꽃잎을 바라본다

그녀가 차린
고등어구이 밥상 앞에서
고개를 수그리며 기도 한 줄 천상에 올리고

모든 지상의 소리는 귀를 닫고
낮잠 한 시간
라떼 한 잔으로 에덴을 살던 그때로 돌아간다

마음 가는 대로 몸이 따라준 날

그녀 있어 그냥 좋은 하루

내 생의 동반자
이제부터 그녀를
4계절 전천후 향기라, 부르련다

너와 나로 마음 갈라

언제부턴가 넘어서는 안 될 선이 생겼구나
혈연의 동맹인 가족 사이에도

계산기 두드리고
지갑 단속이 예사롭지 않은 것은

바퀴벌레 한 마리 끼어들어
성역의 판을 깨어버렸구나

얼굴도 잊어버리고
따스한 손길
주는 마음은 안개처럼 얼굴을 가리어
모두가 황금성 쌓으며 성주가 되는구나

그대와 나는 바위처럼 단단한
하나로만 알았건만

팽팽한 전선
너와 나로 마음을 갈라
딴 길을 가다니

생각 끝에 입술에 오르는
물신의 악령 지울 수가 없구나

시가 나를

얼굴을-가만히 살펴-본다
손발을-슬그머니 만져-본다
그리고
마음을-돌아다니며-들여다본다

아프면 아픈 대로
슬프면 슬픈 대로
텅 비면 텅 빈 대로

소풍을 나서는 노래

나는
얼굴 없는 주인의 노예
시가 나를 끌고 다닌다

시간의 시간

밤나무 젖을 먹고 자란 애기 밤송이가
사춘기에 접어들었나 보다

계곡물은 한 옥타브 낮게 흐르고
이름 모를 풀벌레 소리가
가을마당을 깔아 놓았다

언제부터일까
초록을 잃은 나뭇잎들이
마지막 인사라도 하는 듯 기우뚱거리고

가을은
되돌아 시간을 셈하게 하는
시간의 시간인가

수평의 교감

갈 길은 먼데
안절부절못하는
이 마음 통했을까

신호등이 바뀌면서
모세의 지팡이라도 지나간 것인가
앞길이 확 열린다

앞을 보아도
뒤를 보아도
옆을 보아도
온통 숨 막히는 자동차 행렬뿐이다

선한 손은 말없이 행동이 앞서는가
앞길을 비워주며
끼어들라고 손짓해주는 온기 하나
있다

멋쩍게 처다보며 경례하는 옆 차 바라보며
학습효과에 힘입어

나도 먼저 가라고 수신호 보낸다

주고
받는
수평의 교감 속에

기어가는 도로 위 느림의 시간이
오늘은 보기에 좋다

보따리

밤마다 천둥번개가 치던
1,460여 일

주말이면
휴일이면
명절이면
수많은
셀 수도 없는 날 동안

때 묻은 삶의 흔적
그 눈물 자국 배어있는
보따리를 메고 이리저리 돌아다녔다

보따리 속에는 언제나 동행하는
값없이 향기를 건네주는
도우미가 있다

세면도구
속옷
양말

손수건

이것이 기나긴 악마가 만든 터널의 끝이기를
하늘에 기도 한 줄 올리고는

보따리를 들쳐메고 길을 나서려는데
누군가 받아서 가져간다

그리운 님

가을 찬가

무더운 여름 더위에서
목 빼어 기다리는
가을은 연인이다

오만가지 색으로
하얀 도화지에
울긋불긋 붓질하는
가을은 화가다

밤에는 귀뚜라미 풀벌레와 협연하는
가을은 연주자다

한 해 동안 땀 흘려 오곡백과 거두는
가을은 농부다

가을은
하늘을 울리고 웃게 하는
만능 예능인이다

순간아파트

하늘동에서 태어나
세상동 순간아파트에 들렸다가
하늘동으로 아주 간다

걸어 온 길
가는 길이
여명 속에 보이니

이제서야 본향 가는 길

철이 좀 들려나 보다

카네이션

해마다 5월 되면
가슴 속에서 웅크리고 있던
그리움이
한 송이 꽃으로 피어난다

가르쳐주고
다독여주고
이끌어준
마음 밭 녹색 이정표

저 길에서 빛나는
헌신
희생
끝없는 사랑

백분지 일이라도 두 손 모아
되돌려 주고 싶다

율사들이 우글거리는 정글에서
카네이션 한 송이도

법전 구석구석을 뒤져봐야 하는가

누군가가
내
선생님을 훔쳐 가버렸다

꽃향기를 잃어버린 세상인들 어쩌랴
그래도 살아야 한다

제기랄!

순간이 쌓여

좋은 순간은 분침이고
싫은 순간은 시침이다

어디서 와서 어디로 가나

과거에도 없고
미래에도 없을
어차피 눈 한번 깜박이는 것인데

세상을 들었다 놨다 하는
청개구리 심보에 슬픔이 고인다

순간이 영원한 것처럼
그렇게 그렇게 지나가는
하고 많은 순간

가장 영원한 것은 이 순간일 뿐

순간이 쌓여 영원탑 쌓고
그 위에 날 올려주는 것이거늘

좋은 순간은 분침이고

싫은 순간은 시침이다

빨래 그리고 궁상을

딩동댕
세탁기가 부르면

오른손 쭉 뻗어
세탁물 바구니에 넣고

하나씩
오른쪽 왼쪽 귀퉁이 잡고
위에서 땅으로 내리친다

접이식 빨래걸이에
긴 것은 위쪽
짧은 것은 아래쪽

바지
와이셔츠
속옷
양말 등등

헤어지고 빛바랜

어머니 속옷이 바닥에 떨어졌다
삶을 다한 옷 가장자리가 없어진

왜 그런 궁상을

지금도
나는 모른다

마음 한켠에 남아있는 -제자

고등학생 티가 줄줄 흐르던
앳된 얼굴이었는데

어느새 상도동 배움 둥지를 떠나
미래를 키워 나갈 청년으로
일용할 양식을 구하는 직장인 신분이 되었구나

가정을 꾸리고
아빠가 되고
이윽고 무거운 짐 지고 가는
가장으로 내 앞에 섰구나

어깨 걷고 밤 이슥토록
너 삶의 애환
캠퍼스 벤치에 풀어놓던 그때가
영상으로 지나가는구나

살다 보면
칼바람 불어와 넘어질 때도 있거늘
그럴 땐

앞뒤 따지거나 망설이지 말고
톡으로 한 줄 날려다오

단숨에 달려가
눈물 닦아주며
시름없이 걷게 해주마

잊히지 않는 너는
내 마음 한켠에 남아있는 제자니까

내 마음이
저들 속에 있었네

바람 소리

시작과 끝을 모르는

영원에서 와서
영원으로 가는
길목

휘잉 한 줄 바람 소리로
스쳐 가는

여기
그리고
나

밖에
또 한 줄의
바람 소리가 들린다

사라지는 눈이 아닌

아파트 위층에서 내리는 눈

땅 위에 동화 속 집을 짓고
창문마다 꿈속의 수채화를 그린다

어느새 그 눈이 마음속을 비집고 들어와
두리번두리번 주위를 살피며 마주 볼 눈을 찾는다

사라지는 눈이 아닌

가슴이 으스러지도록 안아주는
시곗바늘이 아무리 돌아도
커튼 없는 내 창에 등불 하나 켜놓는

그 눈이
심장에 내려 쌓이면 좋겠다

돋보기를 쓰고

가을이 돋보기를 쓰고
손을 내민다

몸을 달구던 숯가마 더위도
과거로 묻혀간 듯
습습한 공기도 온데간데없다

분홍
하얀
붉은빛 코스모스가
진노랑 금계국과 어울려 하늘거리는
저것은 여인의 치맛자락

여름에 무뎌진 감정선에 불을 지펴
가을과 손잡고
동서남북 어딘들 못가랴

파란 하늘을 닮은 심상으로
붉은 계절을 씨줄 날줄로 엮는다면

오늘
비록 목숨이 다할지라도
눈물 한 방울 흘릴 일 있으랴

돌

변산반도 채석강

겹겹이 다져 쌓아놓은 고문서 뭉치들
백만 장이 모자란 듯
오늘도 작업 중
깎여진 절벽이 아슬아슬하다

바닥엔 누워있는 바위 등에
큰 돌이 작은 돌 품고
작은 돌은 큰 돌에 안겨
속삭이는 말

(7,000만 년 세월 동안)
파도가 밀치고
비바람이 깎아도
서로를 감싸고

그대가 있었기에 긴 세월이
힘들지 않았다고

저들 사랑 노래
눈물이 고이네

Bernard 호수* 에서

체르마트를 떠나
떠오르는 해와 발맞추어
Bernard 호수에 닿는다

저 멀리 산등성엔
만년설이 이곳저곳 어미 품 속 떠나
물끼리 모여
한 폭의 그림
얼룩말을 그린다

윈드서핑에 두 길이 보인다
초자는 넘어지고
고(高)자는 반듯하게 서고
물 위를 걷지 못하는, 아니 날지 못하는 사람들은
호숫가를 송아지 걸음 한다

육신의 눈으로 호수를 바라보고
마음의 눈으로 호수의 속살을 본다

순수는 두려운 언어다

잔디밭에 동방의 여정을 풀어놓자
알프스가 날 꼬옥 안아준다

*스위스 체르마트에서 짤즈부르크 방향으로 자동차로 1시간 정도 거리에 있는 작은 호수

봄날 풀꽃처럼

7여 년간 누비던
화려하지도 남루하지도 않은
이 골목 저 골목

마트
세탁소
문방구
수첩에 적혀있는 통닭바베큐집을
몇 번이고 뒤돌아보고

도심 속 시골
한 줌 햇볕 따라
새움막을 만났다

바닥은 크리미 메이플로
천정은 스카이 블루로
벽지는 블루베리 그레이 칼라

노을 비껴간 창밖 단풍잎 사이로
계곡을 흐르는 폭포수처럼

쇼팽의 피아노협주곡 1번
마음속 푸른 핏기로 돌고 돌아

봄날 풀꽃처럼
방 안 가득 생기가 돈다

묵음으로 말하는

나는 오직 너뿐이야
하늘에 두고 맹세한
셀 수 없이 건넨 말

어제는 먹구름이 얼굴을 흐르고
오늘은 흰 구름이 얼굴을 흐르고
티격태격 하루가 날아간다

어쩌다가 너와 나
봄여름 지난 가을 문턱에서 만나
둘이서 하나로 가슴 속
점찍어 놓은 날
거꾸로 날을 손꼽으며
수 없이 말 잔칠 벌였건만

어제는 겨울바람이 가슴을 지나고
오늘은 봄바람이 가슴을 지나고
티격태격 또 하루가 날아간다

말은 믿지 못할지라도

몸은 믿을 수 있는 것

임아
우리 이제
묵음으로 말하는 몸의 언어를 익히는 거

어때!

밤이 길수록 하늘나무는 푸르게 자라고

바다의 숨소리

구름 떼 휴가도 썰물처럼 빠져나가고
쓸쓸히 혼자 남겨진 바닷가

우르르 쏴아악
우르르 쏴아악
저 파도 소리는
언제부터 저 악보로 시작해서
언제까지 화음으로 이어질까

숨 쉬는 것들의 생명은
물 한 방울이 모이고
물이 물을 만나 바다로 호흡하는
씽씽한 숨소리는

생명을 지켜주는 누군가의 몸동작
첨삭 없는 불멸의 사랑 노래인 것을

하늘길을 열어주는

하늘이 뚫렸나
장대비가 쏟아진다

지붕이 무너지고
아이와 아내가 성난 황토물에 쓸려갔다

광풍노도의 시간이 지나고
천둥과 번개도 제자리로 돌아가고
표정 없는 하늘이 대지를 내려다보고 있다

지나고 보니
고통은 사라지고 상처도 아물고
어느새 두려움도 줄행랑쳤다

모두 모두가
오늘 이 순간을 예비한
하늘길을 열어주는
길목이었나 보다

꽃으로 향하는 실

몇 날 동안 골라놓은 신발 끈 조어 매고 길을 나선다

도로 위에 기어가는 금속성 소리가
달콤한 음률이 되어

몇 시간 끝에 만난
양화대교 양쪽
한 생을 햇살 디불어 여정을 가는
키 큰 해바라기들과 눈인사한다

멀리 보이는 안산(安山)위에
때아닌 무지개가 걸려있다

꽃으로 향하는 길이
향기로 가득하고

미소로 피어나는 얼굴
리시안서스!

전철에서

갑자기 나타난 사람들이 나를 들어 전철에 태운다

양쪽 가로수 길이 열리고
땅이 흔들릴 때마다
가로수들이 출렁거리든가 싶더니
23.5도 고개 숙인 지구본 앞에
바닥에서 올라온 조명 무대가 어둔 시간을 제압한다
엄지 검지
검지 엄지
혼자서
둘이서
차차차 댄싱 파티에 정신이 얼얼한가 보다

전철은 멈추고
지구본들은 밀물처럼 굴러가고

무대 위, 손가락만 남아있다
내 발은 어디론가 떠나고 있다

여름과 가을 사이

수목원 바람이 선선하다
34도가 엊그젠데

매미 소리
이름 모를 새소리 풀벌레 소리가

여름에서 가을로 임무 교대한다

고추잠자리가 바람결을 따라 공중비행하고
칡넝쿨이 누워 누워 작은 언덕을 만들어
숲속은 은빛 몸통을 이루어
햇빛 물비늘로 반짝거린다

사나웁던 계곡 물소리도 낮은 음계로 흘러
귓불에 매달려 전신(全身)을 잠수케 한다

어제의 찜통더위
오늘의 가을 사이에서
나는 어디로 가고 있는가

이석증을 앓던 그 여름도 떠나고
홀가분한 발걸음으로
뮤즈를 생각하는 이른 가을날
교정의 마음 한 자락
소슬바람에 나부낀다

참호 속, 스승의 숨소리

우크라이나 동부전선
러시아가 쏘아대는 총탄이 횡횡 날아다니는
참호 속

붕대로 칭칭 감은 오른손으로 휴대폰 잡고
허름한 전투복을 입은 병사가
흙이 묻은 강의 노트를 넘긴다

러-우 전쟁이 시작되어 70일이 넘도록
매주
월요일 8 am과 화요일 8 am
단 한 번도 놓친 적 없이
원격수업을 한다

아침에 강의를 해야
남은 시간은
어깨에 멘 소총으로 경계 임무를 선다

총을 쏘아대는 자를 죽이겠다고?
자신을 가르쳐준 국가를 위해서

기관단총을 맞을지라도
강의를 하지 않는 것은 죄악이라고

스승 중에 스승이다
그가 참호에서 나와 강의실로 돌아갈 날을
손꼽아 지새우는 밤

바로 옆에서
소총을 멘
그의 숨소리가 들린다

러-우 전쟁, 확 그냥

태어난 지 3개월 된 애기가
폭탄으로

자전거 타고 할아버지에게 가는 소년을
대포로

아빠를 죽이고
아이들 앞에서
엄마에게 단숨으로 달려가 그·짓·하고

기관총은 말이 없고

폭탄 1트럭
대포 100대
기관단총 10,000개로

그리고
하나 더
타이슨 핵주먹 공수하여

상도동에서 30년 주름잡는
내 주먹으로

그를
확 그냥...

어느 마법사

검은색 도포에 두건을 쓴
도깨비방망이를 휘두르는 마법사

낮에는
법대로 원칙대로를
수도 없이 주문하다가

해가 지고 어둠이 내리면
무슨 마술로 재주를 부리는가

손때 묻은 육법전서 조강지처 버리듯
쓰레기통에 버리고
빛깔 고운 세태법에 고개 숙이는 마법사

이런저런 눈치로 눈동자가 360도 회전하는
영혼 없는 법정의 방망일 듯
이 사람 죽이고 저 사람도 죽이고
모두 모두 죽음으로 몰아가며
온 세상을 쥐락펴락하는

마법사 저금통장에
언제부턴가 18원 격려금이 수북이 쌓인다, 고

설마 그럴 리야
신성한 법정을 모독하지 마라

토스트와 우유 4,200원

외딴 배에 몸을 싣고
아직도 항구에 정착하지 못한
난민 생활 4년째다

목숨이 붙어있는 한
입속에 지퍼를 잠글 순 없지 않는가

아침마다 틀에 박힌
토스트와 우유 4,200원으로 생명줄 이어간다

오늘 보름 만에 단골 가게에 들렀다

검은 비닐봉지를 들고 나설 때
갑자기 심장이 쾅쾅거린다
"궁금했습니다"
앞치마 두른 할아버지 한 마디가
온몸에 생기를 돌게 한다

온종일 행보가 따습다

비밀작전 1
시기

어떤 남편은 늘상 무궁화호로 달리고
어떤 남편은 늘상 KTX로 달린다

어떤 아이는 굴렁쇠 굴리고
어떤 아이는 전동차 타고 논다

느린 걸음이든 빠른 걸음이든
때가 되면 시간은 멈추고 종점에 닿는다
목숨 꺼질 때까지 무게를 달 수 없는 여로
한 걸음 늦추면 안 되나

분노의 손에 칼을 쥐고
가슴 속 불길 질러
입에 거품을 물은 몸짓을
차마 눈 바로 뜨고 볼 수는 없다

오늘도
저들은 죽는다
비밀작전 속에서 나도 죽는다

세월기차

오랜만에
15년 전 살던 동네 이쪽저쪽을 바라본다

401동
403동
308동에 머물다가
그리고는 멀리 떠났다

다니던 골목은 예대로고
아파트 숲으로 덮힌 곳
사흘이 멀다 가던 김밥집

30여 년 전
학창 시절 후배와 같이 찾아간 식당
예전 모습 그대로다

대머리로 변해버린 20년 단골 가게 아저씨를 찾아
사고파는 거래에서 인심이 솔솔
면도기 2개나 샀다

옛 순간들을 이어주는 여행에서
세월기차가 지나온 길을 달린다

앞 추억은 뒤로
뒤 추억은 앞으로 이끌며
그러다가 엎치락뒤치락

온종일
세월기차를 타고
추억이 여행한다

비밀작전 2
내 아이를 감히

둘로 갈라설 수도
다시 하나로 합칠 수도 없다
다만 한 방울 피 남을 때까지
애지중지 황금 옷 신사임당을
손 모아 곁에 두고 싶은 그는 누군가

네 딸은 천사란다
내 딸은 악마란다

들을지어다
악마 눈에는 악마만 보이고
천사 눈에는 천사만 보이고

돋보기나 쓰면 어떨까

비밀작전 3
내 마음이 저들 속에

아침 안개 피어나는 숲속
까치 소리는 나뭇가지에 걸리고

바윗돌을 돌고 돌아
개울물 소리는 조약돌에 걸리고

돌 틈 사이로 고개 내민
노란 개나리 웃음 소리는
왠지 낯설기만 해 생각이 깊어지네

많이 듣던 저 목소리가
내 목소리인 줄 이제사 알겠네

내 마음이 저들 속에 있었네

코로나와 혼밥

늦은 저녁 시간
몸이 나른하다

목이 칼칼하고 기침 몇 번에
혹시 그것은 아닌가

합리적 의심!

감기는 밥심으로 낫는다는 어릴 적 엄마 생각 곱씹으며
추어탕에 공깃밥 한 그릇을 다 비우고
비상용 감기약 1봉과 광동쌍화탕을 후식으로
배불리며 잠자리에 들었다

확진 문자가 꼭두새벽을 깨운다

온종일 방에 콕콕 박혀 면벽수도다
홀로 식사는 문 앞에 놓여지고

화장실 갈 때는 마스크하고
방문을 열기 전 크린장갑으로 무장하고

종종걸음으로 거실을 통과한다

세 끼 식사를 혼밥 왕 상차림으로 대접받은 하루
생고생하는 마음이 생각나
병마가 참 밉다

아니 참 고맙다
2022년 1월 우리의 통성명

다음에는 만날 일 없다고 귀띔해준다

이사 이야기

몇 년을 산 지는 몰라
한 오 년 아님 한 십 년
미움 한 덩이 두고
정들락 말락
동네 이웃이 이삿짐을 싼다

정문
쪽문
문마다 열고 닫는 소리에 동네가 시끄럽다

식당
미용실
마트에서도
온통 이사 이야기뿐

이사 가는 사람이
쓰다남은 짐을 남겨두고 간다고
이쪽저쪽 문에다 못 박는 소리

쾅쾅 뚝뚝

쾅뚝 쾅뚝
철이 철을 때리는

유난한 이사 철 따라
봄날도 간다

별을 향해
내 마음의 날개를 달고

바보

오늘 하루가 별로 재미없었다고?

새로운 거
신나는 거
이득이 되는 거 없어서
지루한 하루, 였다고

요즈음이 그렇다고
별로 살맛이 안 난다고

똑같은 날은 없다
무슨 일이든 생긴다

운전 중에 갑자기 옆 차가 끼어들어 아찔했던 순간
안경을 어디에 두었는지 안절부절못한 30분
말없이 어디론가 달아난다

오늘 아침에도 어제와는 다른 해가 솟았다
코끝에 스치는 공기는 영원 속으로 사라지고
어제의 내가 아니다

언젠가는 그날들

눈물 나도록 그리우리라

바보여

어디쯤일까 내 나이는

나이가 들면
꽃을 좋아하나 보다
난데없이 사진 찍어 곳곳에 올린다

나이를 먹으면
산책을 좋아하나보다
눈비가 와도 걷는다

나이를 먹으면
시 쓰기를 좋아하나 보다
남들이 안 알아줘도 쓴다

내 나이는 어디쯤일까

봄날 온기만 맨날 맨날 가슴 속 품고 사는
어디쯤일까 내 나이는

4층 도시락

남극에서 서로 온기를 데우는 북극의 펭귄인가

국내산 오곡밥은 도시락통 맨 아래에
2층에는 따끈한 우거지 된장국

3층에는 계란찜과 오징어무침이 얹어지고
4층엔 김치와 도라지무침이 입맛을 낸다

도시락 가방 옆
수저통에는 비타민C가 두 개가 놓이고

도시락 뚜껑 위에
마음을 앉혀놓은 포스트잇에 반짝이는 하트

아내가 미소 짓는다
보랏빛 프리지아 향이 가득한

바람처럼 날아가

덧셈과 뺄셈을 가늠하지 못하던
사나이는 고독 때문에 무덤에서도 울지 모른다

직장 일이
삶의 전체라고 국기 앞에서 맹세하듯
식솔 위한 외길을 울부짖었다

재미있는 일
하고 싶은 일은 서랍 속에 넣어두고
친구들도 먼 산 보기로 그리 살았다

그런 내게 한순간 파도가 덮쳤다
마귀 할망인가
지 출세하기 위한 거라 목청 높여 소리 지르고는
바람처럼 날아가
꼭꼭 숨어버렸다

열사의 나라
물기 없는 사막 위를 걷는
양 한 마리

뭉게구름이 만들어주는
그림자 따라가는 걸음걸음 위에

무릎을 덮는 켜켜이 쌓인 어둠 속에서
나를 부르는 봄 있어
귀가 열린다

그냥 지나가렴

몸이 힘들다
마음이 무겁다
어디를 둘러봐도 어둡다

나그네 여정은
발길 닿는 곳마다
오르막 내리막의 연속이라 했던가

길가에
노란 민들레 한 송이
숨 막히는 땡볕 속에서도
환한 미소로 말을 건넨다

지난날에도 쉼 없이 굽잇길
지나
오르막길 잘 오르지 않았느냐, 고

자동차가 귀를 빌린다
A Summer Place Theme (Percy Faith)
들려주는

내 마음에 옮겨주는 곡조 한 줄

'그냥 지나가렴'

노래 하나에 꽃송이로 피어나는
내 얼굴, 아직 갈 길이 멀다

언젠가는 와인 한 잔

그대의 목소리에 장미 향이 묻어 있다면
물기 없는 몸에도 동면을 지울 것이다

봄 여름 가을 겨울
가뭄을 모르는
물로 흐르는 목소리가 있다면

생기를 머금은
아침 이슬 같은
긴 생머리 소녀의 목소리가 있다면

그냥 그저
만나고 싶다

생각 한 줄마저 가난한
그런 만남이 아니라

커피 향 사이에 얼굴을 걸어놓고
한 걸음 두 걸음 시간을 쌓다 보면은
언젠가는 와인 한 잔에 별을 띄우고

그런 그대와

손잡고 가는 꿈길 하나

정념(情念)의 여로에 이 마음 가둘 것이다

뚝배기 미학

친구야
언젠가 행복이 무엇인지, 모르겠다며 투덜거린 적 있지?

난생처음
오늘은 좀 일찍 퇴근해서

아내의 손 때 묻은 앞치마 두르고
만찬의 요리 솜씨를 보여주는 거야

새까만 철뚝배기 꺼내어
물 반쯤 채우고 난 후
단호박 중간두께로 썰고
두부는 좀 두툼하게
대파와 양파 한 줌 띄우고
멸칫국물 넣어
된장은 짭지 않게 조금만 풀어
중불로 달구는 거 있지

귀를 즐겁게 해주는 팝송 틀어놓는 거
잊지 말고

아내와 마주 앉아 눈으로 먹으렴

도둑이 든다 해도 알아차릴 수 없을 밥상의 시간
한 번은 꼭 해 보아야...

문자 주렴
행복이 무엇인지를

징검다리

생명으로 피어나는 날
엄마 품에서
강 저편으로 걸음마를 떼었다

술래잡기 꼬맹이들
동네 딱지 코흘리개들
제기차기 동무들과 놀고

주름도 없는 나팔바지 교복을 입고
머리통보다 큰 모자를 쓰고
녹 닦아 광채 낸 배지를 달고
책상 친구들과 시간 가는 줄 몰랐다

숨 막히는 서울살이
시골 촌놈에게는 버거웠다
그래도
조나단의 '갈매기의 꿈'을 잊은 적이 없다

항공비 없어 싹싹 손을 빌어
11시간 밤을 지새우며

세 명의 입양아동을 에스코트하느라

오른팔로 안고
등에 업고
유모차를 밀고
유학 가는 날부터
귀국하는 날까지
두려움과 설렘 반반의 나날
오대양 육대주
20여 개국에 발자국을 남긴 거

지나온 징검다리 길에는
봄 여름 가을 겨울이
수채화로 그려진다

누가 뭐래도
삶은
아름다워지는 것
행복해지는 것

'지는 것'이지
'진 것'보다는

이 순간도
강(江)의 이편에서 저편으로 건너가는
징검다리 위에서
두리번두리번 눈동자를 확장하고

선하고 인자한 님 만나
강 저편에 있는 그분 집에 영원히 머무를 꿈에
잠 못 이룬다

이름만 남겨놓고

새 학기 준비하느라
책장을 정리하다가

긴 세월이 지나 연락되지 않는 이름이
불치병이라며 자취를 감추어버린 이름이
이름만 남겨놓고 세상을 훌쩍 떠난 이름이 보인다

그들이 제출한 과제물
노래로 부르던 꿈들이
내 마음 끝까지 그림을 그린다

그렇게도 싱싱하게 살아간 미소들이었기에
우리는 지금도 함께 웃는다

뮤지잔란한

견우
직녀
통성명하고
한번
두 번 만나

선생님
오빠
친구가 되었지

콜 없다 칭얼대고
회신 늦다 짜증 내고
하트 숫자 가물거린다며 눈에 불 밝히는
으뜸 갑질
비상등을 켜고

딴 곳 눈길 돌리기만 할 터면
목숨도 댕강 날린다 했지

틈만 나면 돋보기 들고

좌충우돌 별 별것 다 골라 흠결을 찾아내는
천하제일 감별사
무엇이든 막무가내가 꽃보다 향기로운

사랑은 유치찬란한 곳에서 피어나는
한 송이 전천후 푸른 장미

무한도전

금성남
화성여
마주 앉아
음악이 흐르는 카페 창가에
시침을 붙들어 놓고
마음속 모래성을 쌓고 있다

생각만도,
심장이 쿵더쿵 하는 것은 무슨 조화일까
핸드폰에 손가락 지문은 두께를 더하고
눈을 뜨면 제일 먼저 피어나는
목련 꽃송이
시때도 없이 주거침입이다

세상의 왕자로 만들어주는
꿈조차 밤길에 불러들인 적 없는
나를
도대체 너의 정체는 무엇이냐

이건 정말 동반 전선

못 말린다
ㅠ과 ㅛ의 준칙 없어 무한 도전하는
2019년 안개 속 통일전선!

나의 별, 그대를 만나

1977년 3월
엊그제 같기도 한 지난 45년

비가 오는 날이면 질퍽했던 학교 앞 비포장도로
장정이 힘을 다해 밀어야 열리는 바퀴 달린 정문으로
캠퍼스를 들랑날랑거렸다

담장이 넝쿨로 감긴
고풍 나는 벽돌 문리대 건물
처음 듣는 세상 이야기와 책 얘기에 신이 나서
눈빛들은 초롱초롱이다
운동장에는 농구공 축구공이 땅 치는 소리
응원하는 소리가 지축을 흔들고
캠퍼스를 가로지르는 길 양편 성숙 느티나무가 항상 지
성을 일깨웠다

2학년 수업인가
어느 날 강의실에서
백여 개의 배움 눈동자에 둘러싸인 나를 발견하고는
무엇을 해야 할지 가르쳐준 그대들

동대문 운동장에서 축구 결승전 그날
한나절 모든 수업 휴강도 마다치 않고
숭실인 목이 터지라 응원하다가

승리는 우리의 것, 함성은 동대문을 흔들고
그대들과 그저 날뛰기만

스승의 날이면
어깨에 힘을 넣어주던 그대들

봄 햇빛 가득한 토요일 오후
연둣빛 계절을 빛내는 정원수 사이로
백마상 지나 원형 잔디를 돌아
웨민홀 옆으로
연구관 뒤로
캠퍼스 트레일 걷는다

오로지 떠오르는 한 가지
수많은 별 중에 그대를 만나
오늘까지 차곡차곡 쌓아온

우정과 사랑

이제는 날갯짓 함께로
가을밤을 아름답게 수놓는
별 동무 되었네

그것은 우연이 아니라 신묘막측한 인연
그대와의 나눔과 삶의 만남
그 기이함에 깜짝 놀라고 감사할 뿐

지금 여기에
얼굴
얼굴
한 분
한 분

나의 별이 되어주어
내가 그대의 별이 될 수 있기를

손 모은다

그대도 시인

귀
눈
상(像)이
마음에 그려지면

뮤직
목련화와 느티나무
파아란 하늘과 먹구름

희로애락 영상이 머릿속 지나가면은
무릎을 치고
책상머리에 앉아
소월 동주 그리워
혼자 말 중얼일 때

활짝 시가 피어나

그땐 그대도 시인

해피 져니

시침이 한 바퀴 반을 도는 동안
빗길을 달려
쮜리히 공항에 도착,
6:30에 비엔나로 갈 요량이었다

돌고 돌아 찾아간 탑승구엔 긴긴 줄이
한눈을 벗어난다

어젯밤 불시의 태풍 상륙작전으로 항공편들이 쌓였단다

동공을 스쳐 가는
수많은 이국의 얼굴들
만나고 헤어지고
웃고 울고
그렇게
대여섯 시간이 지나간다

활주로 입구에서 아기 걸음 하더니
어느새 공중으로 솟아
어디론가 날아간다

비엔나에 온 것을 환영합니다.
Happy Journey~

미지의 세계
알지 못하는 시간 속으로
모두 떠나고

나는 다음 행선지를 생각한다

외기러기 정식

또 왔냐고, 한마디에 가시가 박혀있다

퇴근 시간에 어둠은 내리고
뱃속은 한 끼 밥그릇을 기다린다

'몇 사람요' 할머니 목소리에
말문이 대뜸 열리지 않는다

벽에 붙어있는 메뉴마다
이인 이상에 방점이 찍혀있다

홀로 살아가는 나는 머쓱해지고
머리를 긁적거릴 때
'지난번에는 불쌍해서 멕여줬다'

돈 주고 빌어먹는 밥
외기러기 정식을 번외 자식 보듯
건성으로 차려주는 늙은 여자의 억센 손

보리밥

생선

총각김치

옆 테이블 어떤 손길이 지나간

반찬까지 싹쓸이로 얼른

검은 비닐봉지에 담아

설움에도 울 줄 모르는

뻐꾹뻐꾹 뻐꾸기 얼굴로 밥집을 나설 때

가로등 불빛은 촉수를 높여

눈물 배어 있는

내일 한 끼 비닐 속 아침상을 비추고 있다

부재와 환영

세상에 나타나 처음 알게 되는
사람

세상에 태어나 처음 불러보는
이름

아빠 !

그 아빠가 없다
굽이굽이 생의 뒤안길 여기까지
한 번도 그를 불러본 적이 없다

세상을 알게 된 후 처음으로 깨달은
이 땅에서 가장 기대고 싶은 사람
덩치 큰 험상궂은 아이 앞에서
위험을 웅얼이며 식은땀 흘릴 때
아빠에게 에스오에스를 주문하는

그런 아빠가
오늘 새벽

방문을 열고 저쪽에 서 있다

어떤 잘못도
어떤 모습으로 있든
다만 하나로
내게
그윽한 눈빛을 보여주는

언제든지
어디서든지
한 움큼 먹을 것 쥐어주는
지상 천국의 나날로

눈물도 웃음도
아빠와 영원한 집에 풀어놓는
환영 하나

꿈속에

짐은 국가라는 말처럼
아버지의 말은 곧 법이었다
한마디 토를 달지 못하고
한평생 곁눈질하지 않고 가야 하는
시집 길에 들어선 여자

어느새 황혼의 시간에 발맞춤인가
유난히 허리가 굽어
다리를 절뚝거리던 여자

학교 문턱도 제대로 밟지 못한
엉터리 문장이 무엇인지 모르면서
열적게 웃음을 흘리며
가시밭길 묵묵히 걸으시던

그 여자가
갑자기 폭우 만나 냇물에 휩쓸려 가는
애기를 구하려고
오늘 새벽
꿈속에

왔다

10년 전 세상을 버리고 하늘 가신 엄마
목에 매달려 어리광 부리던 철부지 아이가
육십 줄 들어선 지금도
대책 없는 세월을 허우적거리고 있다

맨날 맨날에 밑줄 긋고
엄마 꿈이나 꾸면서 떼쓰는 아이로
그리 살았으면 좋겠다

예약 30 X 20

가로 30센티
세로 20센티

빈 사각 공간 바라본다

문짝
왼쪽에 태어난 날짜가

그 바로 오른쪽에
언젠가 지구를 떠난 날짜가

두 날짜 사이엔
사계절을 돌고 돈
세월의 바다가 누워있다

그 안으로
미리 들어가 보니
세상 어둠은 보이지 않고

살아 숨 쉬듯

환한 얼굴로
님이 손을 내민다

사목마을

4시간 달려서
지도의 토끼 발톱 부분
25년여 전에 만들어진 사목마을에
여름휴가 짐을 풀었다

저쯤엔 전나무 숲이 양쪽으로 커튼을 만들고
그 사이로 서해가 누워있다

나무
벼
마을
모두 모두 숨을 멈추었다

태양이 구름을 몰아내고
개선장군인 듯 머리를 내민다

베란다 앞 단풍나무
가늘게 흔들리는 잎새 위에서

단잠을 청한다

쉼터 위에 별이 쏟아진다
태안을 잠시 가슴 품은
간다 8월

25분 여행

자동차 시동을 걸고 하룻날 삶을 기도한다

내방역을 오가는 출근길 지나
축구장 몇 개만 한 터에 아파트 공사가 부산하다
누군가는 울고 누군가는 웃었을까
얼마나 많은 주민이 몰려 나갔을까

이수역 사거리 신호등 앞에서 메모지를 꺼내어
식탁에 얹어놓을 바나나가 떨어져
퇴근 때 구매를 적는다
어제 원고 하나를 마쳤으니
이제 무엇을 써야 할지 생각에 잠기는데
the Maiden's Prayer* 선율이 차창을 넘어
초가을 구름 위로 흐른다

총신대 앞을 지나 젊음을 사른 학문의 전당,
땀방울이 화석으로 남아있는 삶의 터전에
두 발을 올려놓는다

내 삶의 발자취 희로애락

25분 여행!
출근 여행이 햇살에 부신다

*Joseph Cooper의 노래

사회복지 학도의 넋두리 (회갑기념 감사예배)

20년 전
10년 전
얼마 전 까지도

우린 서로 남남이었다

한 명을 만나고
또 한 명을 만나
온기를 채워주고
삶을 지켜주는

북극 추위 이겨내는 펭귄 떼 되었다

이제는 세상의 빛이 되고자
어깨동무로 걸어가는 우리에게

누구의 손길이 있었는가

어느 날
사회복지학 공부하는

한 사람의 넋두리가

온 세상에 메아리칠 때까지
우린 사랑만 베푸는 조폭이 된들 어쩌랴

스투키와 된장국

약속 시간 30분 전 연구실이 분주하다

환기를 시키고
화분을 가다듬고
시원한 바람 가득 채운다

두 제자가 들고 온
스투키 화분 하나
책상 위에 올려놓는다

2021년 봄학기 동안
수업 조교로 흘린 땀을 닦아주려는 몸짓
이 모든 게 오가는 마음들의 발걸음

오뎅국
장어덮밥
삼치 김밥
된장국에 담았다

코로나로 만날 수 없었던

지나간 일 년 반
한 번도 가보지 못한 길 더듬으며
틈새 벌어진 이 마음

온기와 훈기 둘 사이
시간을 멈춰 세운다

별을 향하여 – 1막, 여정을 접고

1992년 2월 중순인가
cumming hall 3층 306호
새로운 출발에 설렘은 사치다
2주 후에 시작되는 강의 준비에
정신이 나갔다
이번 학기 말이면
30년 6개월!
긴긴 1막 여정을 접는다
여태껏
강의실에서 피어난 수많은 미소
누구는 잘되어 살아가는
누구는 어려움에 고개 숙인
그리고
세상을 떠나기도 한 얼굴
초롱초롱한 눈빛 얼굴들이
눈앞을 가로막는다
이제 지성의 숲에서
잠시 발길을 멈추어
여정에서 만난 그대들
두 손 모아 하늘로 올리며

2막, 여정
별을 향하여
나는 마음의 날개를 달고

평설

———

『사랑이 익어 가는 소리』

이경재

사랑이 이어 가는 소리

1. 매력적인 아포리즘의 기원

  인간이 동물과 구별되는 특징으로는 여러 가지를 들 수 있다. 그중에서도 핵심적인 특징은 변별적인 언어를 사용한다는 점이다. 그토록 소중한 언어이지만, 때로 인간은 그 위대한 언어로는 가닿을 수 없는 순간과 마주하기도 한다. 그때 우리는 언어 이전이나 이후의 소리를 내뱉을 수밖에 없으며, 그때 우리는 신성(神性)이나 수성(獸性)을 경험하게 된다. 시란 바로 그 언어 이전이나 이후, 혹은 인간 이전이나 너머의 순간에 대한 발언(어쩌면 불가능한 발언)에 해당한다. 그렇기에 시인은 늘 능동태가 아니라 수동태가 될 수밖에 없다. 그러한 사정은 시집 『우리는 다정히 무르익어 가겠지』에서, 일종의 메타시라고 할 수 있는 「시가 나를」에 잘 나타나 있다.

얼굴을 -가만히 살펴-본다

손발을 -슬그머니 만져-본다

그리고

마음을 -돌아다니며- 들여다본다

아프면 아픈 대로

슬프면 슬픈 대로

텅 비면 텅 빈 대로

소풍을 나서는 노래

나는

얼굴 없는 주인의 노예

시가 나를 끌고 다닌다

-「시가 나를」

    배임호에게 시인은 사상(事象) 혹은 존재(Sein) 그 자체에 다가가는 존재이며, 그러한 행위에 수반되는 것은 모종의 수동성이다. 그렇기에 「시가 나를」에서 문장의 주어는 '나'가 아니라 '시'이다. 이 대목에서 배임호는 하이데거와 만난다. 하이데거는 존재자(Seiendes)의 본질 내지 존재는 감각적

지각의 대상처럼 지각되는 것이 아니라, 존재자 스스로 자신을 열면서(aufgehen) 우리에게 와닿는(angehen) 것이라고 말한다. 이러한 사정은 "나는/얼굴 없는 주인의 노예/시가 나를 끌고 다닌다"라는 표현에 잘 드러나 있다. 시인은 존재자의 본질을 담은 시를 창작하는 것이 아니라, 오히려 자기 자신이 시에 의해서 말 걸어지고(angesprochen werden), 사로잡힐(angegangen werden) 뿐인 것이다. 이 경우 시인에게 요구되는 것은, 존재자의 본질을 파악하려는 지적인 긴장이 아니라 "아프면 아픈 대로/슬프면 슬픈 대로/텅 비면 텅 빈 대로"에서 느껴지는 여유로운 개방의 자세이다. 이 경우 존재자의 진리는 인간에 의해서 형성되는 표상이 아니라 존재자 자신이 직접 보여주는 것이 된다. 이처럼 배임호에게 있어 시는, 사상(事象) 자체를 있는 그대로 드러나게 하는 일종의 현상학적 탐구(Zu den Sachen Selbst)에 해당한다. 이러한 현상학적 탐구는 때로 현학적이며 관념적인 난해성의 오류에 빠지기 쉽지만, 배임호에게 그러한 탐구는 일상의 아름다운 진실들을 향해 열려 있기에 매력적인 아포리즘의 세계로 독자들을 인도한다.

배임호의 『우리는 다정히 무르익어 가겠지』는 시인이 걸어온 삶의 고비마다에서 배어 나온 보석 같은 고백들로 가득하다. 그렇기에 이 시집을 읽는 일은 단순히 시를 읽는 것이 아니라, 배임호라는 인간을 찬찬히 바라보는 일에 가깝다고 할 수 있다. 『우리는 다정히 무르익어 가겠지』는 시집을 넘어, 인생의 원숙기에 접어든 시인의 고백이 담긴 잠언집으로 느껴지기도 한다. 이 시집에는 "어느덧 정상에 올라/지나온 길 내려다"(「걷노라면」)보는 시인의 지혜가 빼곡하다. 시인이 생각하는 행복은 그야말로 심플하다. 그것은 대단한 원로만이 가닿을 수 있는 진실이 아니라 "먼 먼 초가집 장독대 앞에서/정화수 한 그릇 떠 놓고 손 모으던 할머니"의 주문에 해당한다. 그 주문은 다섯 살 아이도 알지만 백 살 노인도 실천하기는 어려운, "행복은 멀리 있는 것이 아니다/그저 내 마음속에 있을 뿐"(「행복이란」)이라는 평범함을 담고 있다. 심플하기는 하지만, 그 평범함이 거느린 위로와 시간의 주름은 결코 만만한 것이 아니다.

「온 세상이 내 품에」는 시인이 도달한 세계의 품이 얼마나 넓은 것인가를 표현하는 직정언어(直情言語)의 시이다.

그 세계는 "마음 한번 크게 먹고/눈 한번 크게 떠서/말 많고 탈 많은 세상 한번 허리 굽혀 안아주니", "온 세상이/내 품에 머무는구나"라고 표현될 정도로 거대하다. 세상길 순례자로 일생을 살아온 시인이 이토록 넓은 품을 갖기 위해서는, "나이테가 생겨/녹슬은 부속품"(「녹슬은 나이테」)이 될 정도의 시간이 필요했음에 분명하다. 그 시간은 "주말이면/휴일이면/명절이면/수많은/셀 수도 없는 날 동안//때 묻은 삶의 흔적/그 눈물 자국 배어있는/보따리를 메고 이리저리 돌아다녔다"(「보따리」)라고 표현되는 고행까지도 포함하는 것이기에 더욱 감동적으로 다가온다.

그러한 고통마저도 감내하며 얻게 된 드넓은 품이기에, 그것은 "아무리 힘들어도 그저 그 자리에서/가는 이/오는 이/한결같은 마음으로 품어"주고, "구부렁 오르막길/쉬어가라고 엉덩이 바쳐주고/들국화 향기로 때 묻은 세월을 훔쳐"(「수리산」)주는 산에 비유되기도 한다. 이토록 성실하게 걸어 도달한 원숙기의 사유와 감성은 이번 시집에서 반복되는 '가을'의 이미지를 통해 감각적으로 드러나기도 한다. 이번 시집에는 계절 중에서도 유독 가을이 많이 등장하는데, 가을은 연인, 화가, 연주자, 농부, 예능인의 모습을 아우르는 삶의 종합자(「가을 찬가」)이기도 하고, "되돌아 시간을 셈하게 하는/시간의 시간"(「시간의 시간」)이며, "빈손의 여유"(「가을 추억」)를 알려주고, "옛적 하늘 구만리로/내 영혼 날아"(「가을 추억」)가게 해주는 고마운 존재이기도 하다. 이러한 가을의 이미지에는 머언 시간을 성실하게 걸어온 순례자의 땀과 눈물이 아롱져 있다.

3. 아주 가까이에 머무는 삶의 지복(至福)

　『우리는 다정히 무르익어 가겠지』를 가득 채우는 따뜻함은 저 먼 곳의 위대함이 아닌 아주 가까운 곳의 사소함으로부터 탄생한다. 「전천후 향기」는 삶의 동반자인 '그녀'와 몽마르뜨 공원을 걷고, '그녀'가 차려준 고등어구이 앞에서 기도하는 시인의 모습이 참으로 행복하게 그려진 시이다. 이 순간 시인은 그 무엇도 바라는 것이 없기에, 거기에 헛된 인위나 욕심이 들어설 자리는 없다. '그녀'가 있기에 "그냥 좋은 하루"일 뿐이며, 그러한 날은 자연스럽게 "마음 가는 대로 몸이 따라준 날"이 된다. 사실 "지구상 하나뿐인/순백색의 웨딩드레스"를 입은 "금관을 쓴 신부"는 처음부터 "동녘 하늘에 머물고 있는 별"이자 "불사조"였기에, 이 지복의 순간은 비루한 현실의 한가운데에 마치 당연한 기적처럼 존재할 수 있는 것이다.

밤 9시 30분에 카톡을 날리는 친구도, 시인에게는 귀찮은 존재라기보다는 행복의 전령사이다. 메신저가 왔음을 알리는 카톡 소리는 "내 가난한 마음의 창을 여는 소리"인 동시에, "어둠의 시간을 거두어"(「번개팅」) 가기 때문이다. 「수평의 교감」은 "앞을 보아도/뒤를 보아도/옆을 보아도/온통 숨막히는 자동차 행렬뿐"인 도로 위에서 행해지는 작은 양보가 가져다주는 '수평의 교감'이 얼마나 따뜻할 수 있는가를 간명하게 보여준다.

작은 교감과 배려로 개별의 존재들은 하나가 되며, 그러한 하나 됨은 이 세상을 지복의 현장으로 고양시킨다. 그렇기에 시인은 하나로 연결된 존재들을 갈라놓아 '지복의 현장'을 '지옥의 현장'으로 강등시키는 것들에 대해 분노를 표출하기도 한다. 「너와 나로 마음 갈라」에서 하나로 접착된 존재들을 갈라놓는 우리 시대의 대표적인 악령은 물신(物神)이며, 「혈관 찾아 순례를」에서 그것은 둘둘 말아 모기 잡는 데나 쓸모가 있는 신문이고, 「어느 마법사」에서 그것은 법정에서 "검은색 도포에 두건을 쓴/도깨비 방망이를 휘두르는 마범사"이다. 「너와 나로 마을 갈라」에서 "물신의 악령"은 "혈연의 동맹인 가족 사이"마저도 갈라놓으며, '물신의 악령'에 마음을 빼앗길 때, 우리는 "얼굴도 잊어버리고/따스한 손길/주는 마음은 안개처럼 얼굴을 가리어/모두가 황금성 쌓"는 소외된 성주(城主)가 될 수밖에 없다.

『우리는 다정히 무르익어 가겠지』에서 참다운 지복은 밖이 아닌 안에서 온다. 「손수레가 할머니를 품고」에서 칼바람 몰아치는 꼭두새벽, 빈 박스가 가득 찬 수레를 끄는 할머니는 단순한 동정의 대상이 아니다. 시인은 보험은커녕 돌봐주는 자식도 없는 할머니에게서 자신의 "어머니"를 만난다. 이 세상을 지복의 현장으로 만드는 것은, 세상 만물을 자기처럼 아끼고 소중히 여기는 시인의 따뜻한 마음이었던 것이다.

또한 이러한 지복은 세상에 난 두 개의 길 중에서, "높은 곳으로 향하는 길"이 아닌 "낮은 곳으로 향하는 길"을 선택한 결과이기도 하다. 이제 시인은 "계곡에서 강으로 바다로/한마음으로 가는/그 여정에/마음 한 자락 얹고 싶다"(「길」)고 고백하는 겸허의 현인(賢人)이다. 바다에서 모든 물은 하나가 되며, 바다가 바다인 이유는 세상의 가장 낮은 곳에 머물기 때문이다. 이제 시인은 그 스스로 바다가 되고자 하며, 그러한 겸허함은 주차장의 지하 5층에까지 찾아와 "가난한 영혼"을 품는 "그"(「햇빛 한줄기가」)가 계시기에 가능한 일이다. 이러한 절대자는 곤궁한 삶의 현장이 펼쳐졌던 「보따리」에서는 "그리운 님"으로 우리 곁을 방문한다.

4. 아이러니의 미학

『우리는 다정히 무르익어 가겠지』는 행복의 꽃으로 가득한 일상을 벗어나 존재의 심연을 향해 날카로운 촉수를 드리울 때가 있다. 이때 배임호의 시는 아이러니의 미학으로 가득 차며, 그 순간 독자는 옷깃을 여미고 이 시집과 다시 마주하게 된다. 「순간이 쌓여」는 "좋은 순간은 분침이고/싫은 순간은 시침이다"라는 연(聯)이 작품의 처음과 마지막에 반복되는 시이다. 시의 입구와 출구는 영원불멸의 시간마저 상대화하는 인간의 한계를 지적하지만, 이 시의 핵심에는 그 모든 상대성을 뛰어넘어 "가장 영원한 것은 이 순간일 뿐"이라는 지극한 깨달음이 단단하게 자리 잡고 있다. 이러한 깨달음은 "이 순간의 눈물과 웃음도/그렇게 오고 가는 것//그대여 시간 속으로 갇히지 말 일이다"(「시간」)라는 구절에서도 확인할 수 있다. 상대성과 절대성의 동시적 공존이야말로 존재의 심연에 다가가는 하나의 방법론이 되어 시집 『우리는 다정히 무르익어 가겠지』를 관통하고 있는 것이다.

　이러한 아이러니의 미학은 삶의 방법론으로까지 확대되기도 한다. 「카네이션」에서 시인은 어쭙잖은 규범이나 제도로 일상의 행복을 가로막는 율사들에게 분노한다. "저 길에서 빛나는/헌신/희생/끝없는 사랑"으로 빛나야 할 5월의 하늘마저도 "법전 구석구석"의 알량한 문구로 규제하려는 세상에 분노를 느끼는 것이다. 그것은 "제기랄!"이라는 감탄사를 불러올 만큼 강렬하다. 그러나 시인은 "꽃향기를 잃어버린 세상인들 어쩌랴/그래도 살아야 한다"고 조용하지만 단호하게 다짐한다. 어쩌면 이러한 아이러니야말로 삶을 엄중하게 대하는 시인의 진정성을 보여주는 것인지도 모른다. 「하나뿐인 명품」에서도 인생이란 "아무리 둘러봐도 종점에 선/고독이 운명인 양 섬으로 서 있는/홀로이다"라고 표현되는 외로운 것이지만, 바로 그 '홀로됨'이야말로 시인의 마음이 언제나 "호수처럼 고요한 것"일 수 있는 비결이다. "애시당초 나의 존재란/하늘이 수제(手製)한/지구상 하나뿐인 명품"인 것이다.

5. 영원한 별 벗, 숭실이여!

배임호는 시인이기 이전에 숭실대를 대표하는 교수이다. 그렇기에 이 시집에 교수 배임호의 자취가 진하게 배어나는 것은 당연한 일이라고 할 수 있다. 먼저 시인을 멋진 인격체로 키워낸 은사들을 향한 간절한 시들이 있다. 시인은 자신을 훌륭한 교육자로 길러낸 은사들에 대한 사랑을 잊지 않는 의리파 제자이다. 「스승」에서 은사들은 "지칠 때나/캄캄할 때나/이리 둘러보나 저리 둘러봐도/벽과 마주칠 때"에, 또는 "세상길 팔부능선 비바람 지나며/울고 싶을 때"에 가슴 속 깊이 찾아오시는 "길 하나"에 해당한다. 시인은 이제 스스로 은사가 되어 자신이 받은 사랑을 제자들에게 아낌없이 베푼다. 「주인 없는 방」에서 시인은 학기말고사가 끝난 조만식 기념관 530호에 홀로 남아 제자들과 함께 보낸 16주를 돌아보며, 그들의 앞길을 축복한다. 시인은 "저/싱싱한 젊음들/하늘 기운 듬뿍 받아/향기로운 꽃과 열매 되어/이 땅을 울긋불긋 물들여 주기를" 진심으로 기도하는 것이다. 시인의 기도가 침묵 속에 울려 퍼지는 빈 강의실은, 시인의 사랑이 창조한 풍성한 여백이 가득하다. 그러한 사랑은 「마음 한켠에 남아있는-제자」에서 이미 가장이 된 제자를 향해 "칼바람 불어와 넘어질 때"면 "단숨에 달려가/눈물 닦아주며/시름 없이 걷게 해주마"라고 다짐하는 모습으로 이어진다.

'길(道)'이 되어준 은사를 만날 수 있었고, 또한 스스로 그러한 은사가 될 수 있는 기회를 준 숭실은 시인에게 절대의 존재라고 할 수 있다. 「숭실이 별이고」는 숭실대학교와 평생을 함께한 시인의 숭실 사랑이 얼마나 지극한 것인지를 유감없이 보여준다. "짝 친구로 피어난 그대와 나/그대는 내 마음에 별/나는 그대 마음에 별"이라는 구절에서는, 사랑이라는 말로도 표현이 어려운 일체화 된 관계가 여과 없이 드러나 있다.

2022년 1학기를 마지막으로 배임호 교수는 그토록 사랑하는 숭실대를 떠난다. 그러나 그 이별은 형식적인 것에 지나지 않음을 우리는 모두 알고 있다. 아마도 그 지고지순한 사랑은 더욱 아름답게 물들어 새로운 사랑으로 익어갈 것이다. 그리고 그 새로운 사랑의 유력한 모습은 시일 수도 있다는 것을 시집 『우리는 다정히 무르익어 가겠지』는 생생하게 증명한다. 주변에 작은 것들에도 귀를 기울이고 개방적 자세로 존재의 비밀에 다가가는 것, 나아가 그 존재를 향해 손을 내밀어 교감과 연대의 숨길을 열어 마침내는 하나 되는 지복의 순간을 맞이하는 것, 배임호의 시를 읽는 것은 그러한 기적을 체험하는 일에 해당한다. 본래 우리는 그러한 체험의 장을 통칭하여 '시'라고 불러오지 않았던가. 그렇다면 우리가 앞으로 쓰여질 배임호의 시를 간절히 기다리는 일은, 한국문학이 애타게 기다려온 '시의 현현'을 기다리는 일이라고 감히 말할 수도 있을 것이다.

이경재
숭실대 국문학과 교수
문학평론가
제 14회 젊은평론가상 수상
제 29회 김환태평론문학상 수상

우리는 다정히 무르익어 가겠지

초판 1쇄 발행	2022년 7월 20일
초판 2쇄 인쇄	2022년 8월 19일

지은이	배임호

펴낸이	이장우
편집	송세아 안소라
디자인	theambitious factory
마케팅	시절인연
제작	김소은
관리	김한다 전현주
인쇄	금비pnp

펴낸곳	도서출판 꿈공장플러스
출판등록	제 406-2017-000160호
주소	서울시 성북구 보국문로 16가길 43-20 꿈공장 1층

이메일	ceo@dreambooks.kr
홈페이지	www.dreambooks.kr
인스타그램	@dreambooks.ceo

전화번호	02-6012-2734
팩스	031-624-4527

ISBN	979-11-92134-18-5
정가	12,500원